W0352050

LA NUIT AVANT LE PARADIS

Lilou MORILLE

La nuit avant le Paradis

Les 3 Colonnes

Pour tout contact :

Éditions Les 3 Colonnes
72 rue du Faubourg Saint-Honoré
75008 Paris
www.lestroiscolonnes.com

À André et Joséphine, mes arrière-grands-parents.

Doit-on accepter l'oppression pour pouvoir vivre avec ceux qu'on aime en paix, ou doit-on se battre pour nos valeurs au péril du bonheur de ceux qui nous aiment ? En ce moment, au sein des conflits du XXIe siècle, trop de jeunes couples, comme Josy et André sont forcés de se poser ces questions. Ils se sont dit adieu, ont renoncé à construire un futur, ont renoncé à l'amour. Faut-il que le passé ne cesse de se répéter ?

Des deux côtés de ma famille, d'aussi longtemps que je m'en rappelle, on m'a raconté des récits sur ceux qui avaient résisté et ceux qui avaient « laissé faire », ceux qu'on appelle aujourd'hui les « collabos ». Et d'aussi longtemps que je me rappelle, ces « collabos » ont toujours été la honte de la France. Depuis toujours, quand on parle de l'Occupation Allemande, une question subsiste : « Toi, tu aurais fait quoi en 39-45 ? ». Demandez à n'importe quelle personne autour de vous, très rare sera celui qui aura l'audace de dire qu'il aurait été collaborateur ou passif. Tout le monde aurait voulu être ces héros de l'ombre qui ont œuvré à faire de notre pays un pays libre. Mais est-ce que c'était si simple ?

Historiquement parlant, les chiffres parlent pour nous : 0.82 %. C'est le pourcentage de résistants comptabilisés en France à la fin de la guerre, comptés parmi les tués, déportés ou fusillés (77 615), disparus (2 782), tributaires d'une carte de combattant à la fin de la guerre (260 000) sur la population française totale à l'époque (41 600 000). Ces chiffres sont évidemment approximatifs puisque le plus gros de la Résistance a été fait par des petits gestes du quotidien de “petites” personnes, dans l’ombre. Mon arrière-grand-père était de ces gens-là. Ne les oublions pas. Mais qu’on fait les autres alors ? Ont-ils tous participé à l’holocauste ? Étaient-ils tous de mèche avec les Allemands ? Non, en réalité la plupart étaient très passifs. S’accommodant bien de la situation pour vivre en paix. Vivre en paix. C’est ce que Josy veut dans cette pièce. Elle veut simplement vivre en paix dans un monde en guerre. Et André va trahir son souhait. Pour une fois, le résistant se voit déconstruire son titre de héros. Non, il ne sera pas perçu comme un héros après sa mort, comme celui qui se sera battu pour sa famille, mais au contraire, comme celui qui l’aura détruite. Joséphine tombe de haut : entre sa patrie et elle, l’homme qu’elle aime a choisi sa patrie. J’avais envie de parler d’elle, de cette femme trahie ; de lui qui ne mourra pas avec des regrets d’avoir laissé faire, non il a agi ; et de Maurice, qui a sacrifié sa liberté pour acheter sa tranquillité dans une France occupée. Ne pas voir cette période de l’Histoire sous le prisme unique du bien (la Résistance) et du mal (les « collabos »), mais donner une voix à tous ceux qui, à leur manière pour survivre, on fait l’Histoire.

Car l’Histoire ne cesse de se répéter.

Personnages

Joséphine/Yulia : jeune femme, 25 ans
André/Andréas : jeune homme, 26 ans
Maurice/Marko : frère de Joséphine/Yulia, 29 ans

ACTE I

Scène I

Marseille, janvier 1944.

Lumière. Un salon avec un canapé à droite, une petite table à gauche avec deux chaises, un bouquet de lavande sur la table. On est en pleine journée.

Un homme de 25 ans environ, entre.

Il cherche une fréquence sur la radio qui est posée sur la table et une voix s'élève du poste. Il note des choses sur un carnet. Il déchire la feuille puis sort du canapé un petit revolver enroulé dans un tissu. Il enroule le papier autour du revolver, le recouvre du tissu, et met le tout dans la doublure d'un manteau, qu'il recoud. Il met le manteau et sort de l'appartement en trombe.

NOIR

Scène 2

Lumière. Le même appartement, une femme entre et pose sur la table des assiettes et verres. Une musique entraînante à la radio. La femme semble un peu nerveuse. On est le soir vers 22 heures Elle regarde l'horloge au centre du salon, puis un bruit de porte et l'homme du début entre.

Josy : André ! Il est quarante-huit, j'étais inquiète.

André : Pardonne-moi, on a fini tard au garage.
Un Bosch qui nous emmerdait avec sa charrette.

Josy : La prochaine fois, appelle, ça sera sage…

André : Tu as raison, comment me faire pardonner ?

Joséphine : Et si tu commençais par un petit baiser ?

Il la prend dans ses bras et l'embrasse. Elle sort, il s'installe sur son canapé. S'allume une cigarette. Elle revient avec une magnifique robe rouge en velours.

André : C'est soir de fête ! Quelle est la célébration ?

Joséphine : Patience amour, c'est une surprise ! *(elle passe à côté de lui pour aller en cuisine alors qu'il essaie de l'attraper)* Pardon !

André : Ah ! Est-ce que les boches ont miraculeusement
Foutu l'camp et je ne serais pas au courant ?

Joséphine : Et pourquoi tu ramènes tout aux Allemands ?
De belles choses vont malgré l'occupation.
On peut toujours avoir des projets, ambitions…

André : Mais on ne voit que ça Josy, des Allemands !
On est prisonniers dans notre propre pays.
Et ils foutent en l'air la moindre de tes envies !

Joséphine: Quand même, ils n'empêchent pas d'aimer… d'enfanter.

André : D'accord, oui, mais toujours en étant surveillé !
Tiens, regarde l'histoire des voisins de José !
Tu ne peux pas aimer un juif, un étranger,
Sans être en danger, et en être déporté !
Sous une dictature, tes projets sont avortés.
On n'est pas libres sous le régime de Vichy.

Joséphine : Oui, on est moins libres que quand on était p'tits,
Mais je n'aime pas ton extrême pessimisme.
Déjà, nous n'appartenons pas au judaïsme !
Pas d'étoile, de déportation, nous sommes VIVANTS,
Alors quelques règles dures, soyons contents !

André : Si ma petite femme n'aime pas, alors j'arrête.
Mais alors qu'elle daigne bien me dire ce qu'on fête !

Il commence à lui faire des guilis et elle rigole.

Joséphine : Arrête, arrête ! Bon sang, que tu es borné !
Et si tu allais arroser la dinde au four ?

André : Ma femme me demande de lui faire l'amour ?
Pas besoin de jeu de mots, suffit de demander !

Joséphine : Peut-être plus tard ! Mais là, la dinde s'il te plaît !

André qui avait commencé à embrasser sa femme renonce et va vers la cuisine.

André : D'accord ! Mais je n'ai pas fini de t'embrasser !

Joséphine sourit, malicieuse.
Sonnerie du téléphone.

André *(off)* : Qu'est-ce que c'est ça ? Tu attendais un appel ?

Joséphine décroche.

Joséphine : Allo ? Oui ? Qui êtes-vous ? Quoi ? Mais… Attendez ! Quoi ? Comment ça la Gestapo ? Monsieur Marcel ? !

André entre dans le salon. Silence. Joséphine éclate de rire. André la regarde étonné.

André : Qu'est-ce que c'était ?

Joséphine : Rien, je pense qu'il s'est trompé.

André : J'ai entendu « Gestapo ». C'était qui Josy ?

Joséphine : Aucune idée, un certain Marcel je n'sais qui.
Il dit que tu le connais, tu dois te cacher…
Que la Gestapo est pas loin, et va arriver.
Il n'avait pas l'air très sain d'esprit cet *uomo*.
Laisse tomber, un vieux canular d'alcoolo.

André ne dit rien. Joséphine rigole dans son coin en mettant la table.

André : Josy, écoute-moi, il faut qu'on s'en aille, vite.

Joséphine : Quoi ? Mais enfin, qu'est-ce que tu racontes André ?

André : Fais un sac je te dis, on doit partir, et vite !

André sort et ramène une valise qu'il commence à remplir pendant qu'il parle.

Joséphine : Non mais attends, tu peux m'expliquer s'il te plaît !

André : Mon amour, je te jure que je vais t'expliquer !
Mais là, fais juste ce que je te dis, s'il te plaît !

Il s'arrête et l'embrasse sur le front.

Joséphine : Eh, André, *dio mio*, là tu me fais peur.
On ne peut pas sortir ! Tu penses au couvre-feu ?

André : J'ai un passe pour déroger au couvre-feu.
(Josy le regarde étonnée)
Je te promets, je raconterai, toute à l'heure.
Tu me fais confiance ou pas ?

Joséphine : Oui…

André : Alors suis-moi.

La porte sonne. André s'arrête sec.

André : Josy, écoute-moi, va te cacher.

Joséphine : Hein ? Quoi ?

André : Fais ce que je te dis ! Va !

La porte sonne à nouveau. André va chercher un pistolet sous le canapé.

Voix off : Gestapo, ouvrez !

Joséphine : André !

André : Va te cacher !

Josy : André, non !

André : S'il te plaît !

Elle se précipite à la porte et sort. André reste sur scène, il se met dans le coin de la porte de sorte à ne pas être vu.

Voix off : Madame Joséphine Auger ?

Joséphine : Elle-même. Oui ?

Voix off : Monsieur Auger André habite bien ici ?

Joséphine : Oui, Monsieur, tout à fait, André est mon mari.

Voix off : Pouvez-vous le faire venir, je vous prie.
Votre mari est accusé de rébellion
Ainsi que d'acte de terrorisme avéré.
Je dois donc procéder à son arrestation.
Faites le venir au plus vite, je dois l'embarquer.

Joséphine ne réagit pas, pétrifiée.

Voix off : Madame, veuillez faire venir Monsieur Auger
À la porte afin de procéder à son a…

Joséphine : Je regrette, vous ne pouvez pas l'arrêter.

Voix off : Pardon ?

Joséphine : Je regrette, mais vous ne pouvez pas.

Voix off : Vous ne pouvez contester un ordre de l'autorité.

Joséphine : Je ne conteste pas officier, loin de là.
Vous l'auriez déjà arrêté, s'il était là.
Malheureusement, ce soir André n'est pas rentré.
Il devait rentrer à 20 heures, pour passer à table.
Mais depuis 2h, mon mari est introuvable.

Silence.

Voix off : Bien, Madame. Nous encerclons le bâtiment.
Il ne pourra s'échapper, dehors ou dedans.
Bonne nuit. Que celle-ci sache vous conseiller.

Joséphine reste silencieuse.
La porte se ferme. Joséphine revient. Elle avance comme un fantôme et s'arrête au milieu de la pièce. André glisse sur le sol.

Silence.

André : Joséphine…

Josy : Tais-toi, je ne veux pas te parler.

Josy est prise de panique. Elle va aux fenêtres, ouvre les rideaux puis les referme paniquée. Elle court dans la chambre, elle revient avec une deuxième valise et des fringues. Elle commence à faire la 2e valise de manière frénétique.

André : Qu'est-ce que tu fais ?

Silence.

André : Josy, calme-toi, s'il te plaît.

Josy : Tais-toi ! J'essaie de réfléchir. Est-ce que c'est vrai ?

André : Quoi ?

Josy : C'est vrai ce qu'il raconte ?

Silence.

Joséphine : Réponds !

Silence.

Joséphine : Réponds !

André : Oui, oui ! Oui c'est bien vrai, voilà. Est-ce que c'est bon ?

Josy : Et depuis combien de temps ?

André : Environ huit mois.

Josy : Huit mois... Et qu'est-ce que tu as fait, *merda*, André ?!

André : On recevait des armes, on les faisait passer
Dans les fauteuils des autos au salon. Des fois
Je mettais des bombes que je recevais là-bas,
Sur les moteurs des autos de la Gestapo.
Oui, les explosions que tu lis dans les journaux,
Celles des voitures boches dans Marseille, c'est moi.

Josy *(montrant l'arme)* : Ça ? Depuis combien de temps tu le caches ici ?

André : Deux mois.

Josy : Tu as caché une arme dans ma maison
Pendant deux mois ?

André ne répond pas, désarmé.

Josy : C'est tout ?

André : Joséphine…

Josy : Ah non.
Pas de ça. Réponds. C'est tout ce que tu as à dire ?
J'ai envie de savoir. Tu cachais quoi ici ?

André ne répond rien. Elle se met à fouiller tout dans l'appartement.

Josy : Réponds ! Qu'est-ce que tu me caches encore de pire ?
Je trouve une bombe si j'arrache la tapisserie ?
Seigneur André, non mais qu'est-ce qu'il s'est passé
Par la tête nom de Dieu ? Tu es un danger !
Dis-moi tout, ou je retourne l'appartement !

André : Mais y'a rien ici ! Tout se passait au garage !

Josy : Mais c'est grave André… Non, mais tu as quel âge ?

André : Ça va Josy. Ce n'est pas vraiment le moment.

Silence.

Josy : Et qu'est-ce qu'on fait maintenant ?

André : Rien. On attend.
Demain matin je me rendrai.

Josy : Mais non. Non. NON !

Elle commence à paniquer.

André : Josy…

Josy : Attends ? Tu ne vas rien faire ? Vraiment ?
Donc tu vas te laisser arrêter bêtement ?
Jeté à la mort, en camp de concentration ?
Enfin ! Tu n'en as jamais entendu parler ?
Tu sais ce qu'on dit du sort de la rébellion ?
Et tu n'essaies pas de trouver une solution ?

André : Mais quoi, Josy ? Tu crois que je peux contester ?
On ne peut rien faire contre la Gestapo !
Ils l'ont dit. Si je m'échappe, ils me trouveront
Que ce soit ce soir ou demain, ils me tueront !
Quand on se fait chopper ce n'est pas les barreaux
Une bonne balle dès qu'ils ont leurs renseignements,
Dans la Résistance, c'est ça qui nous attend.

Silence. Elle se précipite sur le pistolet qu'André avait laissé sur la table. Elle le pointe sur lui.

André : Josy, c'est super dangereux, qu'est-ce que tu fais ?
Joséphine, lâche cette arme, elle est chargée.

Il essaie de s'approcher d'elle ne la prenant pas au sérieux mais elle pointe l'arme de plus bel.

André : Je t'en prie… lâche ça…

Josy : Je suis enceinte André.

André se fige. Il sourit faiblement, choqué.

Josy : C'était ça la surprise… j'allais te l'annoncer.
T'annoncer qu'on y était enfin arrivé.

Silence.

André : Quand je t'ai vu tout à l'heure… je m'en suis douté.

Josy : Pourquoi tu m'as poussée à tomber enceinte,
Pourquoi tu m'as laissé vivre avec cet espoir ?
Pourquoi avoir tout fait pour me laisser y croire ?
Me laisser espérer ? Quoi ? Tout n'était qu'une feinte ?

André : Josy, je t'en prie, lâche cette arme…

Josy : Pourquoi ? !

André : Car je veux qu'il reste quelque chose de moi !
Quand je serai parti, que je ne serai plus là,

Silence. Elle baisse l'arme petit à petit.

André : Et car ce jour-là, où on m'exécutera,
Eh bien je pourrai me dire que cet enfant,
Est ma plus belle réussite, qu'en mourant,

Je ne te laissais pas seule. Et que dans tout ça,
C'est la seule chose, la seule, qui me prouvait
Que mon œuvre n'était pas veine. Te laisser
Avec le fruit de « nous », j'pouvais partir serein.
Qu'en partant, tu restais entre de bonnes mains.

André : Dès le premier jour où tout ça a commencé.
J'ai regretté. Par peur de te mettre en danger.
De te perdre. Quand on entre dans la Résistance,
On sait qu'on n'en sort pas. Et chaque jour je savais
Que ce jour arriverait. C'est comme ça la danse.
Mais si je n'ai jamais réussi à lâcher,
C'est aussi pour toi. Pour que tu n'aies plus à vivre
Dans la peur, la douleur. Que tu puisses vieillir
Dans une France indépendante, juste et libre
France où tu pourrais avoir tes projets : ouvrir
Un salon de couture, fonder ta famille
Achever tes rêves, élever ton fils, ta fille,
Une France où tu peux être heureuse, simplement.
Où ça vaut la peine de devenir maman.

Josy : J'étais heureuse avec toi. Je l'étais comme ça.
Ce que je voulais c'est un enfant, avec toi.

André : Pardonne-moi.

Josy : En vérité tu l'as fait pour toi.
Tu voulais mourir en héros. C'était pour toi.
Tu as toujours voulu te persuader de ça :
Que t'es le héros de l'enfant qui est en toi.
André, pour exister, tu n'en as pas besoin
T'es un gamin parmi 5 milliards de gamins.
Je t'aime justement car t'es pas un héros.

Le André que j'aime moi, il va sauver sa peau.

André : Qu'est-ce que tu veux faire ? Il n'y a aucun moyen !

Josy : Écoute-moi : tu vas passer par le jardin
De la mère Sophie, là, au rez-de-chaussée.
Je pense qu'ils n'ont pas pris la cour de derrière.
T'auras qu'à rentrer dans l'immeuble d'à côté
Moi je vais passer un coup de fil à Albert.
Alors si tu peux te cacher chez les Dupont,
Il prétextera faire une simple livraison,
De quelques chrysanthèmes à la mère Sophie
Demain matin, pour la triste mort du mari.
Il te faudra juste attendre jusqu'à 6h
Tu partiras dans le camion d'fleurs, juste à l'heure.

Elle va pour passer un coup de file. André l'arrête.

André : Écoute-moi, Josy, si je ne me rends pas,
Il n'y a aucun doute, ils t'arrêteront toi.
Il faut que je leur dise que tu n'as rien fait.
Ou sinon ils comprendront que tu m'as aidé
À m'enfuir et tu deviendras même complice.
Pire, ils croiront que tu m'as aidé à piéger,
Et faire exploser les voitures de police !
Et ils te tortureront, jusqu'à te tuer,
Que tu sois enceinte, ça ne les regarde pas !
Joséphine. Pense à l'enfant qui grandit en toi.

Sonnerie de la porte.

André prend le pistolet et fait signe à Josy de rester en retrait. André va à la porte et regarde dans le judas.

André : C'est Maurice.

Josy : Mon frère ?

André : Ton frère.

Josy : Mais qu'est-ce qu'il fait là ?

André : Je ne sais pas. Il ignore qu'il risque sa vie
Pas de trace de la Gestapo en tout cas.

Josy : Il est peut-être là pour t'aider, ouvre-lui !

André ouvre la porte, Maurice entre.

Scène 3

Maurice : André ! Mon Dieu, je viens d'apprendre, quelle horreur !

André : Maurice, qu'est-ce que tu fais là ? Tu as vu l'heure ?

Maurice : J'me suis faufilée par le jardin de Sophie.
Ne t'inquiète pas. Bonsoir ma petite'Giusi,

Josy : Momo mais enfin, pourquoi est-ce que tu es là ?

Maurice : Baisse ça, tu me fais peur avec ton arme là.
Je ne suis pas là pour te causer plus d'ennuis.
Sers-nous un cognac. On en a besoin cette nuit.

André va à la cuisine mais Josy le devance.

Josy : Laisse, je vais le chercher.

André : Comment tu as su ?

Maurice : Le Dupont est un ami, à peine a-t-il vu
La milice à la porte, qu'il m'a appelé.
Je lui ai dit qu'ils ne faisaient que contrôler
Car des rebelles y étaient passés le jour même
Mais moi j'ai compris, et je suis devenu blême
Je savais. Même si les Dupont ont tendance
À cacher quelques étoiles, la « Résistance »
Ça ne pouvait être que mon satané beau-frère.
Sans réfléchir, j'ai laissé les p'tits à leur mère
J'ai couru ici, en passant par chez Sophie,
Et je leur suis passé sous le nez sans soucis !
Dans la Gestapo, les officiers sont pourris.
Les Allemands ont beau faire peur, oui,
Mais la plupart sont soûls quand ils sont de sortie !
Je ne pouvais pas te laisser, donc me voici.

Josy revient avec deux verres et une bouteille de cognac. Elle sert les deux hommes.

Maurice : Eh, tu n'en prends pas un avec nous ma Josy ?

Josy fait non de la tête en mettant délicatement sa main sur son ventre.

Josy : Je ne vous accompagne pas sur ce coup-ci.

Maurice *(comprenant)* : Oh ! Oh grand dieu ! Non ? C'est vrai ? Je ne rêve pas ?
Oh ! Ma petite sœur devient enfin *mamma* ?

Silence. Maurice boit son premier verre cul sec, puis celui de son beau-frère et ressert les deux verres.

Maurice : Je suis désolé. Je ne voulais pas Giusi.

André : Maurice, qu'est-ce que tu es venu faire ici ?

Maurice : C'est simple André, je suis venu là pour t'aider.

André : M'aider ? Tu te doutes que je puisse me méfier ?

Maurice : C'est normal. Mais, oh, André, tu es mon beau-frère !
La famille passe au-dessus des idées de guerre.
La preuve : j'étais au courant depuis tout ce temps.
Pourtant je n'ai jamais parlé un seul moment.

Josy : J'étais la seule pintade dans le secret ?

Maurice : Non, André ne m'en a jamais parlé lui-même.
Crois-moi, il cherchait à protéger ceux qu'il aime.
C'est un soir, sortant tard de la magistrature,
Je passais pour lui laisser trois pots d'confiture
Qu'Albertine avait cuisiné l'matin pour vous.
J'ai surpris par mégarde un secret rendez-vous
Qu'un policier infiltré de la Résistance
Lui avait donné. Ce n'était que moi, par chance
J'entendais simplement quelques phrases codées
Et deux jours après, le gars était arrêté.
J'allai donc voir André, on ne peut plus inquiet
Bien sûr, je lui demandai de tout arrêter !
J'avais en face de moi un gamin borné,
Qui me suppliait de ne rien dire à Josy,
Car c'est pour elle qu'il bravait l'interdit.

Alors depuis ce jour, je garde le secret.

André : Merci, mon frère, de ne pas avoir parlé.

Maurice : Si je fais la révérence à Pétain, André,
C'est juste dans l'espoir de maintenir la paix.
Pour mon fils, ma fille, ma femme et toi aussi.
Toi, Jo et enfin l'enfant qui en elle grandit.
Pour garder une fausse paix, je perdrais un frère ?
Pour une idéologie, je tuerais sa mère ?
Et je priverai ainsi ma sœur de mari ?
Et mon futur neveu d'une famille unie ?
Non, petit frère. Ton secret est mon secret.

Josy : Alors Maurizio, comment peux-tu l'aider ?

Maurice : L'avantage d'être un magistrat de Vichy,
C'est qu'dans la justice j'ai tout un tas d'amis.
Si le sort rebelle échappe à la magistrature,
Les arrestations sont traitées par la préfecture
Voilà une bonne nouvelle pour toi André.
Car là-bas, j'ai des tas d'amis, dont le préfet.
Pas plus collabo que toi, ce bon vieux Lemoine.
Donc pour ton cas, je vais en parler à Antoine
Et on verra s'il peut faire quelque chose
Au moins à ton exécution il faut qu'il s'oppose !
Même si tu seras forcément déporté…
Au mieux, tu y passes 1 ou 2 ans pour purger,
Puis pour bonne conduite, tu es libéré !

Josy : Oh mon Dieu, Momo, merci ! C'est formidable !

Maurice : Mais ne me remercie pas Pina, c'est normal.

André : Et Lemoine, il va demander quoi en échange.
Pourquoi il nous aiderait comme ça, gratuit ?

Maurice : Rien du tout, t'aider, crois-moi que ça l'arrange,
Ce bon vieux Antoine fait des courbettes à Vichy,
Mais c'est toujours avec les doigts croisés dans l'dos
Qu'il jure de servir Vichy et la Gestapo.
Il demandera sûrement une faveur pour l'aide,
Mais Jo saura lui faire preuve de ses talents !

Il fait un clin d'œil malicieux à Josy.

André : Quoi ? ! Non ! Non, il n'est pas question qu'à ça on cède !

Josy : Pour t'éviter la mort, je n'hésite pas un instant.

André : Non ! Je refuse il n'en est pas question !

Josy : André…

Maurice : Mais attendez, enfin, de quoi vous parlez ?
Quoi ? Non, je ne parle pas ce genre de mission !
Jo excelle, avant tout, dans la pâtisserie !
Vous avez l'esprit très déplacé mes amis…
J'dis que si elle fait une de ses tartes tatin
Qu'elle débarque chez lui avec son beau sourire,
Il ne suffit que de ça pour notre lutin,
Une bouchée du mets délicieux, quelques rires
Et hop ! Mon bon garçon tu es libre en deux/deux !
Pas besoin d'aller chercher plus loin, grand dieu !

André : D'accord. Et tu es sûr que ton préfet est fiable ?

Josy : Bon sang, mais qu'est-ce qui te fait être si méfiant ?
Aie confiance en mon frère, enfin, c'est formidable !

André : Josy, la Résistance n'est pas un jeu d'enfant !
Faut serrer la main trois fois avant la confiance.
C'est pas une punition quand on brise une alliance,
Non, c'est une mort affreuse qui nous attend.

Josy : Je sais André, j'pense avoir compris aujourd'hui.
J'en fais aussi les frais par ta faute. Content ?
Dans tous les cas, tu ne resteras pas en vie
Longtemps : que ce soit dans un mois, par trahison
D'un préfet de Vichy ou arrêté demain,
Après avoir été torturé en prison.
Tu peux décider d'avoir les cartes en main.
Car si ce Lemoine est un homme de confiance,
S'il y'a espoir qu'il te permette de vivre,
Alors tentons le diable, autant prendre cette chance.
Le destin n'en aura pas plus à nous offrir
En une nuit, on ne peut pas faire de miracle,
Dans quelques heures on aura un nouvel obstacle,
A-t-on encore le choix d'hésiter longtemps ?
N'est-il pas trop tard pour être encore méfiant ?

Maurice : Oui. Giusi a raison André. Réfléchis.

André : Oui.
(Silence)
J'deviens fou, j'perds le contrôle de ma propre vie.
Je sais juste que je ne suis pas prêt à mourir.
Dans sept heures ils seront à ma porte, j'ai peur.
Je n'ai pas le choix, je veux voir mon enfant grandir.
(Prenant la tête de Josy dans ses mains)

Je ne supporte plus dans tes yeux cette terreur.
Aide-moi à voir plus clair.

Josy : Je t'en supplie, vis.

André : Je ne ferai que ce que tu voudras Josy.

Ils se regardent puis se tournent vers Maurice et acquiescent.

Maurice : Bonne décision. Alors André, écoute-moi
Pour que le préfet puisse défendre ton cas
Il faut que tu me dises ce que tu as fait.
Sois précis, il faut qu'il soit au courant, c'est mieux.
Il fera en sorte que tu sois blanc aux yeux
De la justice, en arrangeant la vérité.
C'est un préfet, des affaires il en voit passer
Il trafiquera l'enquête, tu seras lavé.
Je t'écoute donc. Comment tout a commencé ?

Tout en parlant, il sort un calepin.

André : C'est Alfred, mon patron qui a été l'premier.
Alfred avait un contact dans sa résidence,
L'homme échangeait souvent avec la Résistance.
Ils avaient besoin d'armes, et ce bon monsieur, dont
Je n'ai jamais vraiment pu connaître le nom,
En avait, mais ne pouvait les faire passer.
C'est dangereux, par les rues de les apporter.
Il a proposé d'utiliser le garage.
Alfred, est de suite venu m'en toucher un mot
Il hésitait, savait que ce n'était pas sage
Il mettrait en péril sa femme, ses petiots.
J'ai pris les devants, moi j'étais déterminé

J'ai lui ai dit d'aller voir son brave voisin
Et dire que j'acceptais. Dès le lendemain,
L'homme à 6h30 au garage est arrivé,
Et là il nous a déposé cinq grands fusils.
Dans ceux-ci, il y'avait aussi des messages
Qui passaient à la radio, ce qu'il nous a dit.
Je savais coudre, c'est Josy qui m'a appris,
Donc je cousais les armes dans les rembourrages
Des fauteuils des voitures qu'ils nous envoyaient.
Pour les reconnaître, y'avait toujours une croix
Sur la gauche du volant, gravée dans l'acier.
Ce système-là, ça a duré cinq longs mois.

Maurice : Cinq mois ? Que s'est-il passé ? Tu as arrêté ?

André : L'homme de la résidence a été chopé.
Heureusement, ils ne sont pas montés à nous.
Sauf que nous, nous, on voulait aller jusqu'au bout !
On a continué, on voulait se venger.
Le pauvre homme arrêté était aussi marié,
Il avait deux fils, qui ne verront plus leur père.
Un jour, avec l'autorisation du maquis,
On a reçu une voiture boche militaire.
On a mis une bombe dans l'moteur de ces pourris
Plus tard, au centre-ville la bombe pétait
Et ces trois officiers allemands mourraient.

Josy : Mon Dieu…

André : Et on a jamais pu s'arrêter.
Chaque bombe devenait une revendication.
Bref, là on a repris le boulot du patron
Entièrement. Des messages aux bombes posées,

On a pris le réseau, sous les ordres du haut.
On recevait les messages au poste radio
Mais aussi les armes qu'on cachait au salon.
Parfois, il est vrai, j'en laissais à la maison.
Oui, sous le canapé, c'est là que j'en cachais.
Mais je te promets, elles ne restaient jamais,
C'est juste quand on risquait de se faire attraper

Maurice : Combien d'autos vous avez fait exploser ?

André : En trois mois, un peu plus d'une vingtaine environ.

Maurice : Et combien de boches morts, tu as une idée ?

André : Eh bien, je dirais soixante-dix, environ.

Josy : Alors tu cachais des armes ici, c'est vrai ?
Tout à l'heure quand je t'ai posé la question,
Tu me mentais ?

André : Pardonne-moi, j'ai été con.
Je comprends maintenant, j'aurais dû t'en parler.

Josy : Tu me déçois tellement André. Je croyais
Qu'entre nous, il n'y avait jamais de secret.

Silence.

Maurice : Tu as idée de qui vous a balancé ?

André : Non. Mais hier, Alfred ne s'est pas présenté.
Cinq ans de travail, ça n'est jamais arrivé.
Alors j'ai tout de suite appelé, Maritée,

Sa femme. Et là, tremblante, elle m'a expliqué
Que ce qu'on redoutait tant était arrivé.
La nuit, la Gestapo avait déboulé,
Déchaînée, avait retourné l'appartement,
Il s'est opposé, ils l'ont tué sur-le-champ.
C'était lui ça, jusqu'à la fin, il s'est battu.

Josy : Alors… à ce moment, tu as forcément su…

André : Oui, j'ai compris qu'j'étais le prochain arrêté.

Josy : Mais alors tu savais ! Tu savais qu'ils viendraient !

André ne répond pas.

Josy : Tu as débarqué ce soir, dans notre maison
Prétendant qu'il y avait des clients au salon
Alors qu'en fait, tu préparais ta mort prochaine ?
Tu as osé me mentir en plein dans les yeux,
Alors que c'étaient nos derniers moments à deux !
Pourquoi me faire une chose aussi inhumaine ?

André : Car je devais finir la dernière mission !
Car je devais transmettre le dernier message,
Et vider l'appart de toutes les munitions !
J'devais supprimer les preuves de mon passage.

Josy : Ose dire que tu l'as fait pour me protéger !

André : Oui !

Josy : Non ! Tu l'as fait pour ton ego mal placé !
Mourir en martyr au nom de la LIBERTÉ.

Pas une seconde, pas une seule tu n'as pensé
À la douleur qui au fond me déchirerait.

André : J'voulais passer une dernière nuit avec toi !
Sans penser à ce qui se passerait après.
Sans avoir à te dire adieu. Rire, danser…
C'est pour ça qu'j'ai rien dit, qu'j'ai menti. Voilà !

Silence.

Josy : Mais tu ne penses qu'à toi André. Qu'à ta gueule
Oui, la vérité, c'est que tu veux mourir seul,
C'est ta liberté.

André : Josy…

Josy : Moi, j'ai un enfant
À élever maintenant.

Elle sort vers la cuisine.

André : Tu n'as pas le droit
De dire ça ! Je l'ai fait pour lui justement !
Josy !

Maurice : Laisse la André ! Je pense que là
C'est beaucoup à encaisser pour elle. Tiens, bois.

André : Putain ! Non ! C'est pas vrai ! Je ne voulais pas ça !
Je pensais faire bien, je pensais faire pour elle…
Pour nous… Comment peut-on être autant à côté ?
Mon Dieu, quel retour à la vérité cruel…

Maurice : Écoute p'tit frère, tu pensais à bien, je sais.
C'est juste difficile là de tout encaisser.
Elle verra plus clair demain, quand tu partiras.
Elle sera effondrée, et là elle comprendra.
Aller va, bois.

Il lui sert un nouveau verre de cognac.

André : Maurice. Attends juste un instant…
T'avais pas une solution pour me sauver ?

Maurice : Quoi ?

André : Tu viens de dire que demain je partirai.

Maurice : Tu seras obligé d'partir à un moment !
Et après, tu reviendras vite, grâce à mon plan !
C'est la réalité, tu dois t'y confronter.
J'ai dit ça comme ça, aller va, bois un coup.

André : Tu m'as demandé qui nous avait balancés,
Mais comment tu sais qu'on a été balancé ?
Qu'est-ce qui t'fait dire qu'on n'a pas été grillé ?

Maurice : Je n'sais pas André… Je m'en suis juste douté.
J'ai dit ça comme ça, je l'ai juste deviné.
D'après ce que tu disais, c'était logique, non ?

Silence.

André : Mais j'en sais rien si on a été balancé.
Mais toi, toi, tu as l'air d'en savoir un rayon.

Silence.

André : Qu'est-ce que t'es venu faire ici, pour de vrai ?

Silence.

André : Qu'est-ce que tu es venu faire ici ?

Silence, Maurice se lève doucement.

André *(éclatant le verre de cognac sur le sol et s'avançant vers Maurice menaçant)* **:** Réponds !

Maurice réagit immédiatement et sort un pistolet de sa veste qu'il pointe sur André, au même moment, André pointe lui-même son revolver sur Maurice. Josy entre alertée par les cris.

Josy : Eh ! Qu'est-ce qu'il se passe ? ! André !

Maurice : Fais pas le con.

André : Ta gueule ! Dis, putain.

Maurice : André a déraillé.

Josy : Vous me faites peur là ! Qu'est-ce qu'il s'est passé ?

Maurice : Giusi c'est André…

Maurice s'avance vers Josy.

André : Ferme là putain, ne t'approche pas !
Vas-y. Assume, ordure, pourquoi tu es là ?

RÉPONDS !

Silence. Maurice regarde Josy, désolé.

Josy : Il est venu vérifier que tu étais là.

Silence.

Maurice : Non, qu'il était là, ça on le savait déjà.

André : Tu es une ordure. Tu es une putain d'ordure.
Si je pouvais, je t'arracherai la figure…
La famille ? La famille t'en as rien à foutre, hein ?
Mais quel con…

Maurice : Moi aussi je dois survivre André,
J'ai MA famille, je dois les protéger putain !

André : Tes discours sur pas laissé ton « frère » crever,
C'était juste du vent ? Bien sûr que c'était ça…
Putain mais je ne suis pas ta famille, moi ? !

Maurice : Je ne peux pas cautionner tout ce que tu fais.
Tu te rends pas compte, tu nous mets en danger !
Quand y'a un électron libre, faut l'éliminer.
Et dans cette famille, c'est ce que tu es.

André : Alors c'est quoi le plan ? Tu travailles avec eux ?

Maurice : Ils m'ont envoyé pour recueillir tes aveux.

André : Tu travailles pour la milice maintenant ?

Maurice : C'est pas devant toi que je vais me justifier
Ce n'est pas important, et c'est pas le moment.
Puis j'sais pas, j'l'les ai juste aidé à faire payer
À toutes ces petites merda comme toi
Qui veulent se sentir vivant en défiant les lois !

André : C'est toi qu'a balancé Alfred. Evidemment.

Maurice : Cet abruti n'a eu que ce qu'il méritait !
Sans lui, tu ne serais pas devenu résistant.

André : Oh oui… tu vas me dire que tu a des regrets…
En l'balançant, tu savais que tu m'balançais.
Au fond, c'est moi que tu voulais faire choper.
De me tuer, va je veux bien me laisser faire.
Mais faire ça à ta sœur ? Tu n'as aucune pitié ?

Maurice : Mais c'est justement pour elle que je l'ai fais !
Tu ne penses qu'à toi, tu la mets en danger !
Tu n'peux pas le faire, c'est à moi d'la protéger.
Il fallait bien assurer sa sécurité !
Giusi, tu s'ras lavée de toute accusation.
Le p'tit naitra en toute tranquillité…

Josy : N'ose même pas prononcer une fois mon nom.

Maurice : Pina, *cara mia*, c'est pour toi que je fais ça.

Josy : Et tuer mon mari, tu as fait ça pour moi ?
Sono un adulto Maurizio, non ho più bisogno
Di te. Che fossi tu avrei preferito.

Maurice : Dis pas ça, tu ne veux pas que ton frère meurt…

Josy : Et l'homme que j'aime, t'y as pensé toute à l'heure ?
Et mon enfant que tu veux priver de père ?
Le désespoir dans lequel tu jettes sa mère ?
Tu voulais m'protéger ? M'extirper de ses mains ?
Tu ne me condamne qu'à mourir de chagrin.

Maurice : *L'unico che ti condamna Jo, è André.*

Elle lui assène une claque.
Silence.

André : Laisse Josy, il a raison. Je dois assumer.

Josy : Quoi ?

André, avec un grand calme, baisse les mains. Il s'approche de Josy et l'embrasse sur le front puis s'approche de la porte.

Josy : Attends, attends, qu'est-ce que tu fais André ?

André : Écoute, je vais tenter de m'échapper.
Comme Maurice est un agent de la Gestapo
Il va bien être obligé de m'exécuter.
C'est vrai, moi, je ne mourrai pas en héros
Mais lui, il vivra en sachant qu'il m'a tué.
Il devra vivre avec ça.

Maurice : Fais pas l'con André.

André *:* Je t'aime. Je t'aime comme je n'ai jamais aimé.
J'aime déjà cet enfant, qui de notre amour est né.

Maurice : Arrête…

André : Je vous aime tous les deux tellement.
Je t'aurais aimée encore un million de moments.
Mais je mourrai avec comme dernier souvenir,
Celui de ton visage, de tes superbes traits
Que je regrette de ne pas avoir assez,
Aimé, embrassé tant que je pouvais encore vivre.

Maurice : ANDRÉ !

André : Adieu mon amour.

André ouvre la porte de l'appartement. Josy se précipite sur lui.

Josy : NON !

Maurice : ANDRÉ, ARRÊTE !

Au passage, Maurice attrape Josy et pointe l'arme sur elle.

Maurice : ANDRÉ STOP OU JE LUI COLLE UNE BALLE DANS LA TETE !
JE LE FAIS !

André qui sortait s'arrête, et se retourne.

André : Espèce de putain de fils de CHIEN !

André s'approche.

Maurice : C'était intelligent, bien essayé gamin.
Sauf que ça ne va pas se passer comme ça.
On va attendre là, sagement, tous les trois.
C'est dans les cadavres de Sémite qu'tu pourriras.

André : D'accord. T'as gagné, je reste, lâche-la.

Josy : C'est comme ça que tu protège ta sœur, Momo ?
En menaçant d'lui faire éclater le cerveau ?

Maurice lâche doucement Josy. André se jette sur lui, poussant Josy au passage. Une lutte commence entre les deux hommes. Une balle s'échappe du pistolet pour aller dans le plafond. Maurice prend le dessus, jette André sur le sol et le roue de coups. Josy qui est tombé près du canapé, aperçoit le pistolet, l'empoigne et le pointe sur Maurice.

Josy : Oh mon dieu ! *Lascialo Maurizio* ! *Lascialo* !
Smettila ! Laisse-le ou bien je tire ! *Sparero* !

Soudain, elle tire. Les deux hommes s'effondrent sur le sol.
Josy lâche un cri d'horreur. André se relève. Les deux amants se regardent et se jettent dans les bras.

Josy : André ! *Dio* ! J'ai cru que je t'avais tué !

André : Tout va bien, je suis là. Je suis là.

Josy : *Oh Dio*,
André… il ne bouge plus… Maurizio… il est…

André s'approche du corps, le retourne.

André : C'est terminé.

Il est mort. Il lui ferme les yeux.

Josy : *Oh Dio mio ! L'ho ucciso*,

Je l'ai tué. Mon propre frère. *L'ho ucciso...*
Je suis un monstre. *Ho ucciso mio fratello* !

Elle s'effondre sur le sol. André la prend dans ses bras.

André : C'était un accident Josy, un accident.
Si ce n'était pas lui, ça aurait été moi.
Ça va aller. T'as fais ça en te défendant.
Ce n'est pas de ta faute. Tout va bien, je suis là.

Josy : Il allait te tuer ! Je devais te sauver !

André : C'est fini Josy, tu l'as fais, tu m'as sauvé.

Josy : Oui, mais pour combien de temps amore mio ?

Ils se regardent, tristes.
André se lève, il va dans la chambre et prend une couverture qu'il pose sur le corps de son beau-frère. Il le prend par les bras et le sort de scène. André revient. Pendant toute la scène, Josy ne bouge pas.

Josy : Eh... où l'as-tu mis mon *povero* Momo ?

André : Dans la baignoire. Josy tu dois m'écouter
Quand je vais devoir me rendre demain matin,
Je leur dirai qu'il est mort de ma propre main.
En tentant de lui échapper, j'ai tiré.
Et tu seras totalement innocentée.

Silence.

André : Josy, promets-moi que tu confirmeras ça.

Je n'peux pas permettre qu'il t'arrive quoique ce soit.
Penses à notre enfant que tu te dois d'élever.
S'il te plaît, Josy, promets-moi…

Josy : Je te promets.

Il la prend dans ses bras.

André : Merci, je dois partir en étant sûr de ça.

Josy : Oh, je ne veux pas que tu m'abandonnes André.

André : Cette nuit je suis là. Cette nuit je suis avec toi.

Ils s'enlacent avec force.

André : Et alors, si on fêtait ce qu'on devait fêter ?

Josy : Oh comment veux-tu, après ce qu'il s'est passé ?

André : Car il ne reste que ça pour en profiter.
Il ne nous reste que cette nuit pour nous deux.
Quelques heures à peine avant de se dire adieu.
Accorde-moi ce précieux souvenir, s'il te plaît.
Demain, c'est la seule chose qui me restera.

Elle aquiesce, ils se lèvent et vont à la table.

Josy : J'n'ai pas eu l'temps de mettre au four les brushetta.

Ils rigolent.

André : Et sinon, pas besoin de se remplir la pense ?

Tu m'accorderais juste une dernière danse ?

Elle accepte. Il allume la radio et une valse se lance. Ils se mettent à danser.

André : En 38, quand on s'est rencontré, tu t'souviens ?

Elle acquiesce en le regardant.

André : Je me rappelle des coupures sur tes mains.

Josy : J'venais de finir mon premier manteau de laine.

André : Tu avais rafistolé mes moufles, une vraie reine.

Josy : Ton pouce sortait complètement par l'trou du gant !
« J'ai froid aux extrémités », qu'il disait en riant.

André : Et notre premier rendez-vous tu te souviens ?

Josy : Et comment oublier ? À 5 heures du matin !

André : Parce que c'était l'heure qu'il fallait pour monter
À La Garde, pour voir le soleil se lever !
Une manière singulière de te charmer !

Josy : Finalement averses, on est rentré trempés !

André : Mais je ne pouvais pas prévoir la météo !

Josy : Puis dans ta chambre, j'ai dû retirer mon haut…

André : La plus belle chose qui m'ait été donnée de voir…

Puis, je t'ai fais l'amour plus d'vingt fois jusqu'au soir.

Ils se regardent tendrement, puis s'embrassent. Ils se déshabillent et s'étendent sur le canapé, enlacés.

NOIR.

LUMIÈRE.

Les deux amants sont endormis sur le canapé. Josy se lève. Elle embrasse André sur le front, le recouvre de la couverture. Elle se rhabille

Elle prend le pistolet sur la table. Met un manteau. Elle sort. On entend alors des hurlements, puis des détonations. André se réveille en sursaut et voit que Josy n'est plus là.

André : Josy ?

Nouvelle détonation dehors.

André : JOSÉPHINE !

Il sort en courant. Nouveaux hurlements en allemands. Détonation.

NOIR.

ACTE 2

Scène 1

Le même appartement. Mais certaines choses ont changé. La radio est plus moderne. La nappe sur la table aussi, et les tableaux aux murs également. Les photos sont en couleurs. Nous sommes à Kiev, en février 2022.

André, devenu Andréas entre, il a une chemise, habillé au XXIe siècle. Il boit un café et allume la radio.

Joséphine, devenue Yulia entre aussi. Elle se précipite dans ses bras.

Andréas : Houla… Qu'est-ce qu'il te prend toi ?

Yulia : J'ai fait un rêve trop bizarre.

Andréas : Encore ? Tu veux du café ?

Yulia : Oui steup'. Non mais là, c'était vraiment trop trop trop chelou.

Andréas : Raconte.

Yulia : En gros, on était genre pendant la 2nde Guerre Mondiale, en France, à Marseille, et toi t'étais résistant. Et les Allemands venaient t'arrêter, sauf que je leur disais qu'ils ne pouvaient pas t'arrêter parce que t'étais pas là où je sais plus trop quoi. Mais ils avaient encerclé l'immeuble, et tu te cachais dans l'appart. Alors on passait la nuit ensemble, genre notre dernière nuit ensemble. C'était horrible. Y'avait même mon frère !

Andréas : Marko ?

Yulia : Beh oui Marko, j'en ai qu'un. Et genre, Marko, c'était un traître, et à la fin je le butais. Horrible.

Andréas : T'as tué ton seul frère ?

Yulia : Mais il t'avait balancé ! Et à un moment donné vous avez commencé à vous battre, alors pour pas qu'il te tue, je lui ai tiré dessus.

Andréas : Ohhh, t'as tué ton frère pour me protéger ?

Yulia : En même temps c'était une grosse ordure.

Andréas : Je trouve ça cool comme rêve, je suis sûr j'aurais été résistant moi si j'avais été français à cette époque.

Yulia : Mouais pas sûr…

Andréas : Ah…

Yulia : Non mais attends, c'est pas fini ! En plus on parlait en vers !

Andréas : En vers ?

Yulia : Mais oui ! À la Bérénice quoi ! Avec des rimes et tout !

Andréas : C'est quoi Bérénice ?

Yulia : C'est une pièce française.

Andréas : Ah…

Yulia : Et à la fin, en plus, je me sacrifiais pour toi genre, j'allais me vendre moi aussi à la Gestapo, pour mourir avec toi. Horrible.

Andréas : Oh mon petit amour… Tu ne pouvais pas vivre sans moi…

Le visage de Yulia change, elle laisse un petit silence triste.

Yulia : J'étais enceinte dans le rêve.

Andréas fait une petite moue.

Andréas : On va y arriver mon cœur, ne t'en fais pas. On va y arriver.

Yulia : Tu sais quoi, je vais aller faire un test. C'était peut-être un signe, non ? J'ai lu dans un article que le cerveau essaie parfois de nous faire passer des messages à travers nos rêves.

Andréas : Mouais, j'y crois pas trop à ces interprétations de rêve, et ces trucs un peu perchés de signe de la vie…

Yulia : Merci d'entretenir mon espoir hein…

Andréas : Non mais pardon mais…

Yulia *(sortant)* : Mouais, mouais…

Elle sort. Andréas est seul, il s'assoit à la table et augmente le son de la radio.

Radio :…ce matin notre édition spéciale sera donc consacrée à cet é évènement absolument historique. En effet, chers auditeurs, ce matin à 4h35, le président russe Poutine a lancé une opération massive d'envahissement de la ville de Kiev, déclarant ainsi une guerre sans précédent à notre pays. Nous attendons ce matin une prise de parole de notre président, indiquant la marche à suivre pour nos concitoyens. Pour nos auditeurs habitant à Kiev, nous vous conseillons dès à présent de fuir la ville au plus vite tant qu'il en est encore temps…

Andréas : Putain… Yulia ? Yulia !

On sonne à la porte. Andréas va ouvrir. Marko entre.

Marko : Putain Andréas, t'as entendu ?

Andréas : Beh oui, je viens d'entendre la radio là, c'est vrai ce bordel ?

Marko : Putain mais t'es le seul mec qui regarde pas ton portable en te levant toi ! Oui c'est vrai. Je suis venu direct parce qu'on a été prévenu cette nuit au gouvernement et ils craignent des bombardements en masse de Kiev dans les prochains jours, voire les prochaines heures en fonction de l'allocution de Zelinsky.

Andréas : Sérieux ?

Marko : Mais oui ! T'as pas vu ce qu'il se passe au nord de la ville ? Donc j'ai prévenu papa et maman, mais là il faut se barrer, tu prends la caisse avec Yulia et vous essayez de partir dans la journée pour Roujyn, au moins pour le week-end. Ensuite on avise.

Andréas : Mais attends, c'est un truc de fou là… Je croyais que jamais ils frapperaient ?

Marko : Tu parles, l'Allemagne l'a fait en 39, pourquoi la Russie ne le ferait pas en 2022 ?

Andréas : Attends mais… Yulia !

Yulia apparaît, un test de grossesse à la main.

Yulia : Andréas… C'est positif.

Marko : Oh putain…

L'alarme nationale retentit soudainement. Marko se met à paniquer mais le couple reste stoïque face à face.

Marko : Andréas ! Yulia ! Faut se barrer là ! Andréas, tu prends la caisse, vous prenez le nécessaire et vous virez ! Il faut que j'aille retrouver Klara et les enfants…

Il sort.

Les deux amants se prennent dans les bras.

NOIR FINAL.

La pièce est représentée pour la première fois à Paris, le 25 juin 2025 au Théâtre du Passage vers les Etoiles. Elle fera ensuite l'édition 2025 du Festival Off d'Avignon au Théâtre de l'Ange.

REMERCIEMENTS

Merci à ma maman pour toute l'aide qu'elle m'a apportée pour l'écriture de ce texte et pour sa création scénique

Merci à Célia, ma partenaire artistique qui a mis en scène la pièce et m'a soutenue durant toute la création

Merci à Bruno et Rafael, les premiers comédiens à avoir porté la création

Merci à Mounie pour l'investissement qu'elle a mis pour que cette pièce puisse être montée sur scène au Festival d'Avignon

Merci à Benoît et à mon papa qui ont été d'une aide précieuse lors de la première création de la pièce en Avignon

Merci à Héloïse, Cécile, Nico, Andréa, Camille, Titouan, Simon-Pierre, Alix, Lisa, Antonin, Pierre, Damien, Yann et David qui ont aidé de près ou de loin à la création scénique de la pièce, des décors, photos, à l'aide à la mise en scène

Merci à ma mamie Christiane pour son témoignage concernant ses parents à qui j'ai dédié cette pièce

Merci au Studio Alain De Bock où j'ai fais ma formation de comédienne, qui m'a également inspiré cette histoire à la suite d'une improvisation. Je dédie aussi cette pièce à notre très chère Katy, qui plus qu'une professeure, était une amie.

Merci à mes parents pour tout le soutien qu'ils m'ont donné et qu'ils continuent de me donner tous les jours

Merci à toutes les personnes qui me soutiennent au quotidien dans mes créations.

Imprimé en France
ISBN 979-10-406-2055-6
Dépôt légal : 4e trimestre 2025